TENDRE VOYOU - CHAPITRE 1

CONSEIL DES ÉLÈVES
TOWA AIKAWA, PREMIÈRE ANNÉE, CLASSE 1...
TU TRAÎNES DANS DES SALLES VIDES DU BÂTIMENT 1 AVEC TES VAURIENS D'AMIS ?
GRR
GRR
IL S'EST RENSEIGNÉ SUR ÇA AUSSI !...
GRR
DÉJÀ QUE TON ACCOUTREMENT STUPIDE NE JOUE PAS EN TA FAVEUR...
TU AS L'AIR VRAIMENT SÛR DE TON LIVRET SCOLAIRE.
POF

accès au toit interdit aux élèves
LE CONSEIL DES ÉLÈVES EST MON ENNEMI !!
ILS N'AIMENT PAS MES CHEVEUX BLONDS ET MES PIERCINGS !!
AH. J'AI TROP LA RAGE !
SPLITCH
VRR
VRR
VRR
VLOUM
MIKADO, T'EN PENSES QUOI... ?

SUR LE TOIT...
...ÇA TE RES-SEMBLE BIEN...
D'ÊTRE AUSSI INDÉPENDANT, TÔWA...
IL Y A UN GARÇON SÉDUISANT ...
BO
DOM
UH...
SI DIFFÉRENT DE CET HORRIBLE CONSEIL DES ÉLÈVES.
IL CALME MA COLÈRE ...
Ah!
SLURP
Ploc
Ploc

IL M'A FASCINÉ DÈS NOTRE PREMIÈRE RENCONTRE.
!
KLAN
ガラッ
GAH ! IL A UN INSIGNE DE LA CLASSE SPÉCIALE D'ÉLITE !
C'EST UN SURDOUÉ !
COMMENT T'AS OUVERT LA SERRURE, TOI ?
Fil de fer
J'AI DÉJÀ ESSAYÉ, MAIS J'Y SUIS PAS ARRIVÉ...
J'AI CONVAINCU UN PROF DE ME DONNER LA CLÉ...
TIENS !
?!
ぎょっ
OH !
COMME J'AI PAS SPÉCIALEMENT ENVIE DE SAUTER DU TOIT...
C'EST UN BON COIN POUR LIRE
...

...
POURQUOI SUR LE TOIT... ?
C'EST SURPRENANT...
...
TOUT M'ENNUIE PARFOIS...
...PEUT-ÊTRE QUE JE VEUX JUSTE ÊTRE TRANQUILLE !
C'EST SÛR ...
LES SURDOUÉS AUSSI ONT LEURS PROBLÈMES ...
AU FAIT.
« ... »
« TU VEUX VENIR ? »

À MON AVIS, ÇA NE TE MÈNERA À RIEN D'UTILISER LA FORCE CONTRE LE CONSEIL DES ÉLÈVES !
QUOI ? ...
BLINK
...
LEUR PRÉSIDENT ME MET TELLEMENT LA RAGE QUE J'AIMERAIS BIEN LUI TOMBER DESSUS PAR SURPRISE !...
LEUR PRÉSI-DENT ... ?
LE BINO-CLARD ! CELUI AVEC DES GRANDS AIRS !!
PFF
AH... OUI...
GRRR
YUKI...
YUKIMURA A L'AIR DOUÉ !
...
TU LE CONNAIS ?
...ON EST DANS LA MÊME CLASSE !
Ah oui... Mikado est en 2e année.

...
POF
BON !
SI ON RENTRAIT ? IL EST DÉJÀ TARD...
!
ALLEZ... JE ME LANCE....
AH.
MI...
MIKADO !!
HÉ !... TU NE VOUDRAIS PAS PASSER CHEZ MOI !?
NOUS SOM-MES ...
COMPLÈ-TEMENT À L'OPPOSÉ L'UN DE L'AUTRE.....

MAIS ON POURRAIT PEUT-ÊTRE DEVENIR... VRAIMENT AMIS... ?
Ne cours pas !
Dépêche-toi !
CHU-CHO-TE
?
CHU-CHO-TE
TIENS... C'EST SHI-RAHANE ?
CHUCHOTE
POUR-QUOI IL EST AVEC CE TYPE ?...
QU'EST-CE QUE VOUS REGAR-DEZ !!
TCHAC
GROAR
HIIII
Y A UN PRO-BLÈME !?
GYAH
HÉ BIEN... EUH... NON...
GYAH

TOWA.
J'AI LAISSÉ MON LIVRE SUR LE TOIT.
TU POURRAIS ALLER ME LE CHERCHER ?
QUOI ?!
ENCORE !
RHAA
DÉSOLÉ !
La prochaine fois, je t'offrirai le déjeuner.
J'Y VAIS !
TAP
TAP
TAP
...
JE SUIS RENTRÉ !

ÇA DOIT ÊTRE LE BAZAR...
TCHAC
ガチャ
FAIS COMME CHEZ TOI !
TAP TAP TAP TAP
BIEN-VENUE À LA MAISON, TOWA !!
CE SOIR, ON TE FAIT TON HAMBUR-GER PRÉ-FÉRÉ...
QUOI ?
C'EST VRAI ?...
SWIP
ENCHAN-TÉ DE VOUS CONNAÎ-TRE !
JE M'APPELLE MIKADO SHIRA-HANE. JE SUIS EN 2E ANNÉE DANS LE MÊME LYCÉE QUE TOWA.
Frère cadet
Frère aîné
STUPEFACTION
?!
Le benjamin
profonde révérence

EUH ...
TROUBLE
C'EST UN AMI DE TOWA, LUI ?...
HEIN !?
TROUBLE
Il est bien trop classe...
... GRAND FRÈRE
CHUT !
...
EN FAIT ...
C'EST CE QUE JE PENSE AUSSI...
...MÊME SI JE NE VEUX PAS Y FAIRE ATTEN-TION...
ÇA ME DÉPRIME QUAND MÊME UN PEU...
DANS CES MOMENTS-LÀ...
...WA.
TOWA ?
GLOUPS

ÇA VA ?
OUI !
QUOI !?
CRIC
IL Y A UN FIL QUI DÉPASSE DE TA CHEMISE.
TU DEVRAIS L'ENLEVER.
QUOI ?
PEUT-ÊTRE QUE MOI ET MIKADO...
...AH !
ON NE VA VRAIMENT PAS BIEN ENSEMBLE...
PLIC
...
...HMM...
QU'EST-CE QU'IL Y A ?

NON ! Euh...
VLOUM
IL ME REGAR-DE ?
RIEN DU TOUT ...
GLOUPS
...NOS...
REGARDS...
SE SONT CROISÉS...
!
GRIP

EUH... HÉ BIEN...
SON REGARD DANS LE MIROIR...
EST BIZARRE...
QUAND TU ME FIXES COMME ÇA... C'EST UN PEU...
SWIP
Hé hé
OUI, OUI.
... OUF ...
MAIS C'EST VRAI...
QUE MIKADO ME REGARDE SOUVENT FIXEMENT...
PAS COMME UN AMI...
C'EST ASSEZ...
TROU-BLANT...
...TOWA

QU'EST-CE QUE TU VAS FAIRE ?
...POUR LE CONSEIL DES ÉLÈVES.
QUOI ?
AH!...IL ME LORGNE ENCORE...
AUCUN DES ÉLÈVES QU'ILS ONT PRIS POUR CIBLE...
N'A PU LEUR RÉSISTER !
Hmm...
...
ALORS ...
JE SERAI LE PREMIER !
...
MÊME S'ILS TE POURRISSENT LA VIE ?

GRR
OUI...
ÇA IRA !
JE NE PERDRAI PAS CONTRE EUX !
...
VRAIMENT...
BOM
ALORS...
JE VEILLERAI TOUJOURS SUR TOI, TOWA.
BODOM

SWIT
...
C'EST TRÈS LÉGER, MAIS TU SENS LA CIGARETTE.
?!
QUOI ?
LA CIGARETTE ?
ALORS... TU AS ÉTÉ UN MÉCHANT GARÇON...?
AH !
J'ÉTAIS DANS UNE SALLE VIDE AVEC MES POTES PENDANT LA PAUSE...
Tu m'en-fumes !
Arrête !!
KOF
NON ! ...
AH, POUR ÇA...
FWAP
CE N'EST PAS...

UH...
BO
DOM
IL EST TOUT PRÈS !
FLIP
HOULÀ... !
PFF
!!
Ouah !
BLUSH
...
... EUH ...
À PRO-POS...
DE CETTE HISTOIRE DE CIGA-RETTE...
Comment je lui dis ça ?

...
...
SMACK
...UH !
FRRFRR
SMACK
MI ... !
LICK
MIKADO ...
...

…C'EST BON.
TU NE FUMES PAS…
SWIP
FIN DE L'INSPECTION.
… QUOI ?
ÇA… LÀ…
AH MIKADO …
SALUT !
JE RENTRE !
C'ÉTAIT QUOI !?
MERCI DE M'AVOIR INVITÉ.
QUOI !?
HEIN !?
C'EST TOUT !?

IL EST PEUT-ÊTRE SUR LE TOIT ?
J'IRAI VOIR APRÈS LES COURS.
QU'EST-CE QUE JE DOIS FAIRE ?
APRÈS CE QUI EST ARRIVÉ, JE NE PEUX PAS FAIRE COMME SI DE RIEN N'ÉTAIT... !!
MINCE !
C'EST MA DERNIÈRE CLOPE.
J'AI PAS DE FRIC EN CE MOMENT...
CLIC
« TU SENS LA CIGARETTE. »
...

SHINONOMÉ ! ESPÈCE DE SALAUD !!
À CAUSE DE TES CLOPES, MON PREMIER BAI, BAI, BAI...
Il n'arrive pas à le dire.
LE TOIT...
C'EST NOTRE ENDROIT, À MIKADO ET À MOI... !!
BOUM
HÉ BIEN !
AIKAWA, T'AS L'AIR DÉPRIMÉ ! ON VA TE CHANGER LES IDÉES !
ALLONS SUR LE TOIT !
BRR BRR
NON...
LE TOIT !?
NON ! C'EST PAS LA PEINE ...
ZOUM ZOUM
Je vais te montrer comment l'ouvrir...
HÉ !
ON NE DOIT PAS Y ALLER !

AH !...
TIENS, C'EST OUVERT !
RLAN
!!
MIKADO ... !
HEIN ?
C'EST QUOI ÇA... ?
BODOM
AH...
FRITCH
DÉ... DÉ-SOLÉ...
GRIP
J'AI ESSAYÉ DE L'ARRÊTER, MAIS...
GULP
...
GRR

GLOUPS
...TOI !
UH !!
IL... N'EST PAS...
TU SENS LA CIGARETTE...
AH !
SCHLAP
HÉ !
NE FILE PAS CETTE ODEUR À TOWA !
ON POURRAIT CROIRE QUE C'EST LUI QUI FUME !
COMME D'HABITUDE, MIKADO... !!
T'ES POTE AVEC CE TYPE ? IL EST VRAIMENT PAS COMME NOUS !
CHUCHOTE
GNIP
GRR

TOWA...
VIENS ICI.
BOM
MI...
DING DONG DANG DONG
Mikado Shirahane, section spéciale, 2ème an-née...
doit se présenter devant le conseil des élèves. je répè-te...
!?
LE CONSEIL DES ÉLÈVES !?
HÉ !
EXCUSEZ-MOI...
APPAREM-MENT, ON ME DEMANDE. JE DOIS Y ALLER !
SALUT !
PFF
–..–
AH...

TAP
MIKADO !!
TAP
TAP
FFF
FF
AT-TENDS !! JE...
IL FAUT QU'ON PARLE...
SOURIRE
...
DÉSOLÉ !
J'AI UNE DOUBLE PERSONNALITÉ. PARCE QUE JE SUIS DU GROUPE AB, PEUT-ÊTRE ?
BO-DOM
POURQUOI...
IL ÉVITE LE SUJET ?
...
EUH... MOI, JE SUIS DU GROUPE O...
BO-DOM
...
BO-DOM
...ET ...

ET HIER...
CE BAI... BAISER...
... C'ÉTAIT QUOI ?
LA CIGARETTE.
JE VÉRIFIAIS SEULEMENT QUE TU NE FUMES PAS !
AH...
BLINK
... TIENS... ?

JE M'ATTENDAIS...
À QUOI... ?
Conseil des eleves
JE M'INQUIÈTE POUR MIKADO...
J'ESPÈRE QU'ILS N'ONT PAS DÉCOUVERT QU'ON SE VOIT SUR LE TOIT...
ET QU'IL NE SE FAIT PAS ENGUEULER POUR ÇA...
Oh, c'est ouvert !
TCHAC !
IL EST LÀ !!
Avec le binoclard !
Mikado...
SI CE SALAUD DE PRÉSIDENT LE FRAPPE, JE LUI RENDRAI LA MONNAIE DE SA PIÈCE !
VOICI MON RAPPORT SUR LES DERNIERS POTINS.
VICE-PRÉSIDENT.
BIEN.
HEIN ?!

IL EST TELLEMENT ARROGANT, JE PENSAIS QUE C'ÉTAIT LE PRÉSIDENT... !!
Ses courtisans
DOONG
Plus de cheveux blonds...
Et plus de piercings !
MIKA-DO...
NOUS VOUDRIONS SAVOIR CE QUE TU SAIS...
PUISQUE TU ES EN CONTACT DIRECT AVEC CES TYPES...
!

QU'AS-TU À DIRE EN TANT QUE PRÉSIDENT DU CONSEIL ?
QUOI ?

CLAC
PRÉ...
BRR
PRÉSIDENT ?
MAIS...
ALORS...
POURQUOI IL TRAÎNAIT AVEC MOI...
JUSQU'À MAINTENANT ?

TENDRE VOYOU - CHAPITRE 2

MIKADO...
EST LE PRÉSIDENT DU CONSEIL DES ÉLÈVES... ?
...TOWA... ?
FLAH
...
FWAP
« LE CONSEIL DES ÉLÈVES EST MON ENNEMI !! »

ÇA VA BIEN NOUS AIDER QUE TU CONNAISSES L'UN DE CES VOYOUS.
RACONTE-NOUS LEURS MÉFAITS, MIKADO !
YUKI... C'EST TOI QUI M'AS FAIT APPELER ?
OUI, ET A...
...LORS ?
BING
...
KYAAH
JE VAIS TE MASSACRER... !
CRAC
...
...
ÇA RECOMMENCE...
RAOUM

POURQUOI NOS CHEFS...
SE DISPUTENT-ILS AU SUJET D'UN TYPE PAREIL... ?
FF
...
C'EST PAS VRAI... ?
FF
POURTANT MIKADO...
A TOUJOURS ÉTÉ DE MON CÔTÉ... !
FFF
FFF
BATAM
FLAP

POF
QUOI ?
POURQUOI Y'A DES PAPIERS DANS MON CASIER À CHAUSSU-RES ?
ROLL ROLL
...C'EST...
FLAP
« ARRÊTE D'AVOIR LES CHEVEUX BLONDS ET DES PIERCINGS ! »
Plus... Arrête immédia-tement !
À TOUS LES COUPS, C'EST LE CONSEIL DES ÉLÈVES !
Je ne me souviens pas des autres
Et zut !
ÇA COMMENCE À BIEN FAIRE ! MAIS QUAND ONT-ILS PU LES METTRE ?
CRUSH
« TU PEUX ALLER ME CHERCHER MON LIVRE? »
...

AU FAIT...
POURQUOI MIKADO VOULAIT-IL QUE J'Y AILLE TOUT SEUL ?
BODOM
SCRITCH
...UH !

...
C'EST PAS POSSIBLE...
QUE MIKADO SOIT LE PRÉSIDENT !
ÇA DOIT ÊTRE UNE ERREUR.
LE TEMPS EST RADIEUX, CONTRAIRE-MENT À MON CŒUR...
RLAN
...TOWA...
TU ES LÀ, NON ?

BAM
...
SWIP
TAP
TAP
BO-DOM
EUH...
AU FAIT...
BO-DOM
POUR HIER...

TU AS DÉCOUVERT...
...MA VÉRITABLE IDENTITÉ.
!!
FLAH
...
DIRECT...
COMME ÇA !
...
SI TU ES LEUR PRÉSIDENT ...
TU DEVRAIS PAS TRAÎNER AVEC MOI...

...
...ÇA NE TE RESSEMBLE PAS !
C'EST TON CÔTÉ UNIQUE QUE J'AIME, TOWA...
?!
BLUSH
UH !
QU'EST-CE QUE TU DIS ?
POURQUOI...
MOI QUI PENSAIS QUE TU ÉTAIS DIFFÉRENT...
TU ES MON ENNEMI !!
!
FWAP
ME L'A-T-IL CACHÉ... ?
DE CES MOUTONS DU CONSEIL... !

...
JE SUIS DÉSOLÉ POUR YUKI... YUKI-MURA.
...« YUKI »...
IL A UN SENS BIZARRE DE LA JUSTICE EN CE MOMENT...
TCHAC
MAIS IL A AUSSI DE BONS CÔTÉS.
IL LE DÉFEND...
!
GRIP
MAIS ...
...APRÈS TOUT...
C'EST QUOI... CE QUE JE RESSENS...?
TU ES DES LEURS ...

MI...
PRESS
GRIP
MIKADO...
TU ES DU CÔTÉ...
...DU CONSEIL DES ÉLÈVES...
PAS DU MIEN...

N'EST ...
CE...
SHH
...
SMACK
...QUOI... ?
SHLURP
FF
SMACK
IL...
M'A ENCORE EMBRAS-SÉ...
...
BOM

LICK
POURQUOI... ?
SLURP
SMACK
PFF
HMM
BRR
BRR
AH !
LICK
MIKADO...
MIKADO, ARRÊTE !
FLIP
BOM !
NON !
ARRÊTE !
BLUSH

UH...
FFF
FFF
AH...
PAR...
PAR-DON...
...MAIS ...
POURQUOI... TU FAIS ÇA...
...
SWIP
IL NE RÉPOND PAS. IL ÉVITE TOUJOURS DE PARLER...
DES CHOSES IMPORTANTES... !!
DASH

TAP TAP
INTERDICTION D'ALLER SUR LE TOIT
CLAC
FFF
FF
ZOUIP
BOUH...
じわ
PLOC
JE...
...NE COMPRENDS-PLUS RIEN...
TIENS ?
QU'EST-CE QUI T'ARRIVE, TOWA ?
TU AS LES YEUX PLEINS DE LARMES !
C'est sexy !
HEIN ?
TU ES ENCORE PLUS MIGNON QUE D'HABITUDE. ♪

QUOI ? JE SUIS LE PLUS MIGNON, NON ?
Tu n'as vraiment pas de goût !
SI JE DEVAIS CHOISIR QUELQU'UN AVEC UN VISAGE TRÈS FIN, JE PRENDRAIS UNE VRAIE FILLE !
BEUH
RHAAH
HÉ ENFOIRÉS ! ET MOI ALORS !
HÉ BEN...
CE TYPE ÉTAIT LE PRÉSIDENT DU CONSEIL DES ÉLÈVES...
EN FAIT...
IL NOUS ESPIONNAIT EN SE SERVANT DE TOWA ?
OUI !
QUELLE ORDURE !
HUP
...HUM ?
BOUH !
ON VA PRESQUE JAMAIS AUX RÉUNIONS DES ÉLÈVES...
Alors je savais pas...
Moi non plus.
Accablé
C'EST DÉGUEULASSE COMME MÉTHODE !
Sale crétin !
Ouais ! Ouais !
IL A UNE SALE GUEULE !
Il doit pas arriver à baiser !
GRR GRR

MIKADO N'EST PAS COMME ÇA !!
GROAR
OUAH !
Viens pas pleurer alors !
JE SUIS VRAIMENT UN ÉGOÏSTE...
II-SS
こっそり
En cachette
VOILÀ LA SALLE DE LA SECTION SPÉCIALE...
Elle est aménagée différemment !
ÇA M'ÉNERVE QUAND LES AUTRES DISENT DU MAL DE MIKADO.
SHIRAHANE !
どき
BOM
TU RESTES ÉTUDIER AVEC NOUS APRÈS LES COURS ?
TU ES PEUT-ÊTRE OC-CUPÉ AVEC LE CONSEIL DES ÉLÈ-VES ?
DÉSOLÉ, PAS AUJOUR-D'HUI...

QUOI ?
TOUT LE MONDE COMPTAIT SUR TOI !
...ILS ONT CONFIANCE EN LUI...
MAIS À MOI...
...
JE RENTRE !
TAC
ZOUIP
!
FLAH
IL M'A MENTI...

べしゃっ
BADABOUM
C'ÉTAIT...
QUOI, ÇA !?
QUI A FAIT ÇA !?
AÏE
AÏE
がぼっ
WHAM
!?
PFF
?
C'ÉTAIT QUI ÇA... ?
Y'A RIEN À VOIR !!
Ouah !
Quelle impolitesse !
ALLEZ, DÉGAGEZ !!
ZOUM
ZOUM
ずん
ずん
ざわ
BLAH
TU L'AS VU ?
MAIS QUEL ABRUTI !
Un blond, en plus !
BLAH

DÉGA...
UGH !
BOUM
CHUCHOTE
TU AURAIS DÛ LE FRAPPER !
!
MIKADO !?
BODOM
AH ...

COM...
COMMENT AS-TU...
...SU... ?
GRIP
...
HOP
...JE T'AI DIT QUE JE VEILLERAI TOUJOURS SUR TOI.
BOM
« ALORS, JE VEILLERAI TOUJOURS SUR TOI, TOWA. »

!
CLATCH
...?
J'AIMERAIS QU'IL ARRÊTE...
DE ME RENDRE SI NERVEUX... !
UH...
QU'EST-CE QUI SE PASSE, TOWA ?
Grosse inquiétude
DEPUIS HIER, TU N'AS PAS L'AIR BIEN !
Tu as mal au ventre ?
FLAP

...
...PAS SPÉCIALEMENT...
NE DIS PAS ÇA !!
ON SE DEMANDAIT SI QUELQU'UN T'AVAIT FAIT DU MAL...
TU SAIS QUE TU AS L'AIR FRACASSÉ ?
GRIP
HOP
FRACA... QUOI ?
HEIN ?
FRICASSÉE... ?
HISA, KÛ, DÉSOLÉ ...
SWIP
AUJOURD'HUI JE NE SUIS PAS D'HUMEUR À MANGER UNE FRICASSÉE...
...GRAND FRÈRE...
JE CROIS QU'IL EST PLUS IDIOT QUE NOUS LE PENSIONS...
TAIS-TOI, KUON... !
JE NE VEUX PAS EN ENTENDRE PLUS !

ENTRE LE MIKADO QUI ÉTAIT AVEC MOI...
ET CELUI QUI EST PRÉSIDENT ...
...LEQUEL EST LE VRAI ?
GNIP
EN PLUS...
AH...
...
IL Y A « ÇA » ...

FRR
POURQUOI IL A FAIT ÇA... ?
OUAH !
HUP
FAIRE CONFIANCE À MIKADO !...
MALGRÉ TOUT...
OUAH... !
Non ! Non ! Arrête d'y penser !
BOUH
JE VEUX ENCORE...
I - I

ぎくっ
BLINK
...AH !
!
BONJOUR.
Il est déjà midi !
GULP !
...
J'AI OUBLIÉ DE TE DEMANDER, MAIS TU VAS BIEN ?
TU AS FAIT UNE BELLE CHUTE !
QUOI ?
AH...
IL EST COMME D'HABITUDE...
AH OUI !
C'ÉTAIT RIEN !
Rassuré

C'EST VRAI ?
TU N'AS RIEN AU VISAGE ?
SWIT
わ
あっ
BLUSH
OUAH...
...
AH !
SHIRAHANE, EXCUSEZ-NOUS !
NOUS SOMMES...
VOS FANS !! POUVEZ-VOUS NOUS SERRER LA MAIN... ?!
ぼっ
SWAP
QUOI !?
Sous le charme

LUI SERRER LA MAIN !?
IL AVAIT DES FANS CACHÉES ?
ばっさり
DOUCHE FROIDE
JE REFUSE.
FLIP
FLIP
JE N'AI PAS LAVÉ MES MAINS DEPUIS UNE SEMAINE.
(mensonge)
Ce n'est pas le Mikado que je connais...
...
...JE NE VEUX PAS...
HUMF
JE NE SAIS PAS POURQUOI...
...MAIS JE NE VEUX PAS QU'IL LE FASSE... !
ÇA...
ÇA IRA QUAND MÊME !! S'IL VOUS PLAÎT !!
...
DING !
BON...
ALORS D'ACCORD...
KYAAH
MERCI BEAUCOUP !!
?!

KYAAH
KYAAH
TAP
TAP
TAP
COMME ÇA, ELLES SONT PARTIES...
Elles ont mauvais goût !
MIKADO !
IL...
IL FAUT VRAIMENT QUE JE TE PARLE...
JE NE SAIS POURQUOI...
TOUT SE MÉLANGE...
MON ESPRIT EST EMBROUILLÉ...
...DÉSOLÉ.
JE N'AI PAS BEAUCOUP DE TEMPS.
J'AI UNE RÉUNION DU CONSEIL DES ÉLÈVES, MAINTENANT...

GRIP
JE BRÛLE D'UN SENTIMENT TRÈS SOMBRE...
QU'EST-CE QUE TU AT-TENDS ?
C'EST LA PREMIÈRE FOIS...
QUE J'ÉPROUVE ÇA... !
NE VIENS SURTOUT PAS VOIR QUELQU'UN COMME MOI !
VA RETROUVER LES TYPES DU CONSEIL DES ÉLÈVES... !
...D'AC-CORD !...
...VAS-Y !

...
VLOUM
...TRÈS BIEN !...
DÉSOLÉ.
SWAP
!!
AH !
BYE BYE...
C'EST PAS VRAI !...
TOWA !
MIKA...
DO...
POUR CEUX NÉS EN MARS, C'EST UN JOUR DE MALCHANCE AUJOURD'HUI
OH ! MON PETIT TOWA
AÏE AÏE AÏE AÏE !
VA TRAVAILLER !
Maison Aikawa

TENDRE VOYOU - CHAPITRE 3

HISA, KÛ...
C'EST UN MENTEUR ET JE LE NE COMPRENDS PAS BIEN....
POURQUOI JE NE PEUX PAS M'EMPÊCHER DE PENSER À LUI ?
VLOUM
...

…PEUT-ÊTRE…
QUE …
TU L'AIMES …
Euh ?!
…HEIN …
QUOI !?
QU'EST-CE QUE TU DIS !? C'EST IMPOSSIBLE !
MIKADO EST UN GARÇON… !!
ばっ
SWAP
MIKA-DO… ?
HUP
CELUI DE LA DERNIÈRE FOIS…
MER-DE !
SALUT !
À PLUS ! JE VAIS AU LYCÉE !!
バターン！
BATAM
AH…
CE SALE GOSSE !… IL OSE FAIRE ÇA À TOWA !!
Je vais le massacrer !
AGRIPPE
GRAC
…JE SUIS AVEC TOI, GRAND FRÈRE.
GRAC
GRAC

BOM
!
AH...
D'ACCORD ? AUJOUR-D'HUI, ON PREND UNE DÉCISION !
LE PRÉSI-DENT DOIT PUNIR SÉ-VÈREMENT CETTE BANDE AUX MŒURS DISSO-LUES...
MIKADO !
MIKADO...
TU DOIS ÉCRIRE UN RAPPORT EN BONNE ET DUE FORME !
OUI. D'AC-CORD.
« TU L'AIMES »...
ZUT ! C'EST FAUX !!
JE VOU-LAIS QU'IL SOIT MON AMI !!
BLUSH
C'EST TOUT CE QUE JE VOULAIS...

CONSEIL DES ÉLÈVES
MAIS OUI !!
UN TYPE BLOND AVEC DES PIERCINGS, C'EST UNE HONTE POUR NOTRE ÉCOLE !!
...
RIEN NE L'INTERDIT DANS LE RÈGLEMENT DE L'ÉCOLE.
PRÉSIDENT !!
BAM
EN PLUS...
TA CONDUITE N'EST PAS HONTEUSE PEUT-ÊTRE ?

...!!
HEM
CLAC
NOUS FERONS UNE AUTRE RÉUNION APRÈS LES COURS.
...RÉFLÉCHISSEZ TOUS BIEN !
...
...
HÉ !... DE QUOI PARLEZ-VOUS ?
...
... ABSTENEZ-VOUS DE JUGER LES GENS
SUR LEUR APPARENCE OU LEUR STATUT SOCIAL.
...
C'EST MON AVIS PERSONNEL...
...

ÇA NE PEUT RIEN APPORTER DE BON...
DE TRANSFORMER SA VÉRITABLE PERSONNALITÉ.
C'EST TROP DUR D'ALLER AU CONSEIL DES ÉLÈVES...
« VA RETROUVER LES TYPES DU CONSEIL DES ÉLÈVES... ! »
JE LUI AI DIT DES CHOSES...
VRAIMENT NULLES...

JE N'AI JAMAIS PENSÉ ÇA !...
...
BOUH
...
EST-CE QU'ON VA...
RESTER LOIN DE L'AUTRE COMME ÇA ?
...QU'EST-CE QUE JE VAIS FAIRE ?...
MURMURE
HÉ !
AI-KAWA ?
QU'EST-CE QUE TU... ?
PFUH
VLAM
AH !
JE SAIS !!
BANG

JE VAIS FAIRE SEMBLANT DE LE RENCONTRER PAR HASARD À LA SORTIE...
COMME ÇA, JE POURRAI LUI PARLER !!
HÉ, AI-KAWA !!
POUR-QUOI TU M'IGNO-RES ?!
J'vais t'en coller une !
AÏE AÏE
FFF
!
AH !
LE TYPE DE L'AUTRE JOUR... !?
HÉ, ENFOIRÉ !!
C'EST TOI QUI M'AS FAIT TOMBER L'AUTRE FOIS... !
!?
GLOUPS
GRIP
FLOP

FLAP
TOWA AIKANA
...
C'EST PAS VRAI...C'EST TOI QUI ME HARCELAIS !?
C'ÉTAIT PAS MIKADO...
HÉ OUI !
JE T'AI FAIT TOMBER ET J'AI MIS DES LETTRES DANS TON CASIER...
GRIP
...TU ES VRAIMENT TENACE, TOI !!
QUOI ? LES LET-TRES ?
LA SEMAINE DERNIÈRE ET CELLE D'AVANT !
TU AS OUBLIÉ ?

T'ES VRAIMENT UN IDIOT !
QUOI !?
« JE T'ATTENDS ICI ! »
« ENCORE !? POURQUOI JE DOIS Y ALLER TOUT SEUL ? »
« DÉSOLÉ, MAIS TU MARCHES PLUS VITE... »
« TU L'AS VU ? MAIS QUEL ABRUTI... »
« D'HABITUDE, ON NE TOMBE PAS SANS RAISON... »
?
?

« ALORS, JE VEILLERAI TOUJOURS SUR TOI. »
CONSEIL DES ELEVES
BAM
わ...
BLAH
ざ
BLAH
...MOI...
J'AI L'INTENTION DE GARDER MES CHEVEUX BLONDS ET MES PIERCINGS !
C'EST COMME ÇA ET PAS AUTREMENT !

...
SOURIRE
...VRAI-
MENT ?
MIKADO...
AIKAWA !
GRIP
TIENS !
T'AS
OUBLIÉ
QUELQUE
CHOSE !
LÂCHE-
MOI
CRÉTIN
!

!?
HUP
CE TYPE METTAIT CES TRUCS DANS LE CASIER D'AIKAWA !
OUPS
Pour la dernière fois...
...
YUKI.
...OUI.
ZWIP
SCHLAP
PASSE-MOI ÇA !
Ah !
NON... JE...
PLUS QU'AIKAWA ET SES AMIS, C'EST LE CONSEIL DES ÉLÈVES QU'IL FAUDRAIT CORRIGER...
Quelle lâcheté !
!!
...

...MI-KADO.
JE TE CONFIE DÉSORMAIS CETTE AFFAIRE.
NOUS, ON A À PARLER AVEC CELUI-LÀ !
On y va !
... ENTEN-DU !
DE PLUS...
ON NE PEUT PAS MONTRER TON « ESPÈCE DE RAPPORT » EN RÉUNION !
FLAP
MARMONNE
C'est Ridi-cule ...
Cette histoire ...
...
IL ÉTAIT BIEN POURTANT...
?
BATAM
...
...EUH...

C'ÉTAIT TOI MIKADO ?
...POUR-QUOI ? ...
POURQUOI M'AS-TU MENTI... ?
...ÇA M'ATTRISTE.
JE SUIS PEUT-ÊTRE BÊTE, MAIS...
TAP
TU VOU-LAIS ME PROTÉ-GER ?...
POUR TOI...
J'AURAIS ESSAYÉ DE COM-PRENDRE, MIKADO...

JE NE VOULAIS PAS TE PERDRE.
BOM
QUOI ?
...
TU AS DIT...
QUE LE CONSEIL ÉTAIT TON ENNEMI.
CLAC
J'AVAIS PEUR DE T'AVOUER QUE J'ÉTAIS PRÉSIDENT.
PEUR ? MIKADO ?
ET DE TE PARLER DE MES SENTIMENTS...
...

...
HÉ BIEN...
...
CELUI QUE JE CONNAIS ...
CE N'EST PAS LE PRÉSIDENT... C'EST MIKADO SHIRAHANE...
SI MIKADO...
RESTE JUSTE COMME IL EST...
TU ES COMME TU ES, MIKADO...
S'IL ME SOURIT COMME AVANT...
JE...

TAP
GNIP
TOUT À L'HEURE ...
YUKI ÉTAIT EN COLÈRE CONTRE MOI !
BOM
!!
GLOUPS
HMM ? COMMENT ÇA, SES SENTIMENTS ?
QUOI ?
« TON RAPPORT EST UNE VRAIE DÉCLARATION D'AMOUR. »
« ON NE PEUT PAS LE MONTRER EN RÉUNION !»
C'EST CE QU'IL A DIT !

...MI
MIKADO !!
FLAH
EUH ?
TO...
WA...
GRASP
BONG
QUOI ?!
HMM ...
MI-KADO !
MI...
COUP VIOLENT DERRIÈRE LA TÊTE
TRAUMA CRANIEN
MORT DE MIKADO
JE SERAI TOUJOURS AVEC TOI...
une tombe

...
MI...MIKADO, SI TU MEURS, MOI AUSSI !!
Je ne veux pas que tu veilles sur moi depuis le paradis !
OUIN
OUIN
OUIN
Mikado, plus ému que jamais.
!
...
SWAP
...TOWA.
MIKADO !
TU VAS BIEN ?
...J'AI UNE DEMANDE À TE FAIRE.
LAQUELLE !? JE FERAI TOUT CE QUE JE PEUX...
...ALORS...
...TU POURRAIS M'EMBRASSER ?
GRIP
SI TU FAIS ÇA, JE ME SENTIRAI MIEUX...

QUOI ?
UN BAISER ?
AAH !
DÉPÊCHE-TOI, JE VOIS L'AUTRE CÔTÉ...
GYAH
NON ! NON ! TU NE DOIS PAS Y ALLER !
PAF PAF
...TOWA.
VITE !
POURQUOI ...
MIKADO...
Tout doucement
VEUT-IL TOUJOURS M'EMBRASSER ?
...
...

FWAP
VOI...
VOILÀ ...
JE NE SUIS PAS ENTIÈREMENT GUÉRI.
JE PEUX TE TOUCHER UN PEU PLUS ?
MOI...
ME TOUCHER ?
FLAM
JE ME SENS MIEUX...
QUAND JE TE TOUCHE, TOWA...
FUIP

HYAH
BLINK
QUE ?
UH !
SMACK
AH !
PRESS
NON !
ARRÊTE !
JE NE SUIS PAS UNE FILLE !
BRR

OUI, JE SAIS...
Hé hé
D'AILLEURS ...
GNIP
TIENS...
!!
QU'EST...
QU'EST-CE QU'IL FAIT ?
MIKADO !
BRR
SWIP
HMM ?
AR-RÊTE !
SWAP
IL NE FAUT PAS...
FAIRE ÇA !...
GRIP
UH...
PRESS

HUP
AAH !
SCHL
JE CROIS...
QUE MIKADO EST RÉTABLI MAINTENANT...
FF
AH !
FF
FLATCH
ARRÊTE...
FLOTCH
ET PUIS... COMMENT RÉAGIR ?
FF
MERDE...
!
OH !
OUAH !
SCHLURP
FRR
FRR

FRR
FRR
AAH...
NON, JE...
SCHLAP
JE DOIS RÉSISTER...
BRRR
CHLUP
GRIP
NON !
GRR
!!
BRRR
AHAN !
RÉSISTER...
FRR
HAN !
JE NE PEUX PAS...
PLITCH
ZOUP
HA...
QUAND JE SUIS AVEC MIKADO...
LICK
Ah
Ah
JE SUIS SI...
SPLITCH

...
MIKA-DO...
QU'EST-CE QUE TU FAIS ?
CE QUE JE FAIS ?
JE TE PRÉ-PARE...
TU ME PRÉPARES ? POUR QUOI ?
...
...LE SEXE...
IL VA S'ÉNERVER... ?
DING !
LE SEXE !?
MAIS ...
TOWA ...
QUOI ?
QUOI !?
BRR BRR
FLAH
SLOP
...
ON PEUT FAIRE ÇA ENTRE MECS ?

...TOWA ...
FFF
...
NON ! ...
NON ! J'AI MAL !...
ÇA VA ALLER, TOWA...
HAN
J'AI MAL ! ENLÈVE ÇA !
PUSH
ENLÈVE ...
BOM
MMM ...
SMACK
UH ! ...
MMM ...
HUP

BRRR
AAH !?
ゆ
サ
SPLOTCH
FF
TOWA ...
FLAC
AH
AAH !
FLAC
JE...
ME SENS BIZARRE.
HAAN !...
FF
FF
GRIP
FF
J'AIME ...
BRR
AH !
AH !
MI...
MIKADO ! ...
QUE TU SOIS CONTRE MOI...
MIKADO ...

...
JE VIENDRAI ME PRÉSENTER À NOUVEAU À TES FRÈRES ! ...ILS ONT L'AIR D'ÊTRE REDOUTABLES...
TOWA ...
SE PRÉSENTER ? MAIS IL FAUT JUSTE QU'IL LEUR DISE BONJOUR... ?
...
← Idiot
D'ACCORD !
AU FAIT ...
TU ES VRAIMENT POLI, MIKADO !
REGARD ADMIRATIF
IL N'A RIEN COMPRIS...
QUE FAIRE ?
JE ME DEMANDAIS...

Tu es plutôt froid.
MIKADO, POURQUOI ES-TU DIFFÉRENT AVEC LES AUTRES ?
...
POURQUOI JE DEVRAIS ÊTRE GENTIL AVEC CEUX QUE JE N'AIME PAS ?
IL VAUT MIEUX ÊTRE DANS SES PETITS PAPIERS.
...J'ai dit quelque chose de bizarre ?
Il est sérieux !
C'EST MON AVIS...
Pour le moment...
END

TENDRE VOYOU - ÉPILOGUE

Tu vas prendre froid !
QUEL-LES RELA-TIONS ?
FLAP
C'EST QUOI CETTE TÊTE ?
FRÉROT ...
HUUU
POF
OUAH

...TOWA.
?
CETTE...
MARQUE ROUGE, C'EST QUOI ?
PRESS
...AH ?
AUCUNE IDÉE...
UNE PIQURE DE MOUSTI-QUE ?
TU...
TU ES SÛR QUE C'EST ÇA !?
GRASP
がば
HMM ? OUI.
Je ne me suis pas battu.
SOULAGÉ
FIOUUU...
SUPER ...
...

ALORS ?
TU LEUR AS RÉPONDU QUOI, FINALEMENT ?
OH...
JE N'AI RIEN DIT.
...
MES FRÈRES ONT L'AIR DE S'INQUIÉTER PAR RAPPORT À TOI...
PEUT-ÊTRE PARCE QUE...
C'EST LA PREMIÈRE FOIS QUE J'AI UN AMI COMME TOI...
MIKADO...

...
CLAP
...
AH !
SWIP
PLIC
MAIS ...!
ET SI... ?!
RENVERSE
NON !
ATTENDS !!
SWAP

PRESS
AH !
GLOUPS
!
... UH !
AH, TIENS !
J'EN ÉTAIS SÛR !!
APRÈS ...
CE QU'ON A FAIT HIER...
TU PENSES ENCORE QU'ON EST JUSTE « AMIS »... ?
BOM

BOM
...
...
... MAIS ...
BOM
C'ÉTAIT PARCE QUE...
TU M'AS DIT QUE TU ALLAIS MOURIR ...
TU M'AS FORCÉ ...
BOM
...
C'EST UNE DÉCLARATION DE GUERRE ?
CHUCHOTE
QUOI ?
QU'EST-CE QUE TU AS DIT ?

...
NE T'INQUIÈTE PAS TOWA !
...?
EN FAIT...
HUP
HUP
CARESSE
JE NE COMPRENDS PAS VRAIMENT...
AH !
MIKADO ...
OUAH !
...
...
MI...
RLAN
MIKADO ! ...

…
QU'EST-CE QUE VOUS FAITES ?
BAH !
...J'M'EN FOUS, EN FAIT.
Rien à faire.
SMACK SMACK
ON RENTRE ENSEMBLE, AUJOURD'HUI !
Trop mignon...
IL S'EN FOUT... ?!
KASHIWAGI VEUT ALLER VOIR UN MAGASIN...
HÉ !
MIKADO EST LÀ !?
TAP TAP TAP

POUR HIER...
!
...
...
LAISSE TOMBER !
VLOUM
SALUT ! J'Y VAIS MOI AUSSI !
À PLUS !
TAP
TAP
TAP
... ?
...
...HÉ, MIKADO.
QU'EST-CE QUI SE PASSE...
ENTRE EUX...

!!
10 SECONDES
...
20 SECONDES...
VOUIP
...
... UH !
VOUIP
... UUH !!
PFUIT
ぷはっ!!
TOUT FAIBLE
FF
FF
QU'EST-CE...
QU'EST-CE QUI TE PREND... !!

ET MAIN-TENANT SI TU PENSAIS À NOUS...
Sourire glacé
PLUTÔT QU'À CES DEUX-LÀ ?
ET BIEN...
SI NOUS PRENIONS NOTRE TEMPS POUR Y PENSER... ?
VOUIP
JE POURRAIS T'APPREN-DRE CE QUE TU NE SAIS PAS, OK ?
...
... OUI ...
TOWA AI-KAWA... EN REPÊ-CHAGE (INDÉ-FINI-MENT)
END

PRENDS SOIN DE MOI !

AVEZ-VOUS ...
DÉJÀ ENTENDU UNE LENTILLE SE CASSER ?
CE BRUIT VIENT DE S'ÉCHAPPER À L'INSTANT...
GULP
DE SOUS MON PIED...
DANS LE COULOIR D'UNE UNIVERSITÉ...
BRRRR

HIBIYA !
IL FAIT TROP PEUR... !
CHUCHOTE
OH... MERDE !
C'EST ITÔ ! IL EST UNE ANNÉE EN DESSOUS DE NOUS !!
QUOI !?
IL A DES YEUX EFFRAYANTS, ALORS ON LE SURNOMME «MIRETTES DU DIABLE »... !
Regarde-le !!
...
FIXE
Cadavre de lentille
AH...
EUH... PARDON.
SWIP
JE SUIS DÉSOLÉ ! JE TE REMBOURSERAI !
...C'EST PAS GRAVE.
SCHLAP
QUOI ?
J'AI DES LUNETTES AU CAS OÙ...

« MIRETTES DU DIABLE »...
...QUOI ?
EST DEVENU SUPER BEAU... !!
KATAKLAN
DE TOUTE FAÇON, LES LENTILLES C'ÉTAIT PAS POUR MOI...
KATAKLAN

KATAKLAN
COMMENT ÇA ?
MES YEUX SE FATIGUENT... ET ÇA TIRE...
AH !
C'EST POUR ÇA QU'IL AVAIT UNE TÊTE PAREILLE ?!!
TAP
POURQUOI TU TE FORCES À METTRE DES LENTILLES ?
J'AIME PAS LES LUNET-TES...
ÇA ME FAIT MAL!
TCHAC
MAIS LÀ T'ES CARRÉMENT MIEUX !
COMME ÇA, T'AS PLUS L'AIR DE « MIRETTES DU DIABLE »...
OUPS !

QUAND ILS CROISENT MON REGARD, ILS S'ENFUIENT TOUS ...
JE NE COMPRENDS PAS POURQUOI !
Ah la la...
IL NE SAIT PAS POURQUOI... ?!!
RÉVÉLATION !
がびーんっ
J'AI RAMASSÉ UN PORTEFEUILLE UNE FOIS...
ET LE GARS M'A DEMANDÉ EN PLEURANT DE NE PAS DÉVALISER SA MAISON...
BOUH OUH
QUELLE TRAGÉDIE !!
TOUT EST LÀ-DEDANS !
JE N'AI RIEN D'AUTRE CHEZ MOI !
...
...
VLAM
BIEN !!
!?

BOM
À PARTIR DE MAINTE-NANT...
JE NE FUIRAI PLUS QUAND JE CROISERAI TON REGARD, ITÔ !
C'EST PROMIS !
KATAKLAN
...
T'ES LOUCHE, TOI...
ET T'AS L'AIR IDIOT...
MARMONNE
KATAKLAN

KATAKLAN
JE M'AP-PELLE HIBIYA...
JE SUIS TON AÎNÉ D'UNE ANNÉE, ITÔ !
AH BON ?
...
KATAKLAN
POFF POFF
PFF
BAH ! LAISSE TOMBER !
?!
SOYONS AMIS !
...HEIN !
Alors ?
Tu ne veux pas ?
GRATCH
GRATCH
...

...
...ÇA...
...ÇA M'EST ÉGAL...
OUAH... !
BODOM
ITÔ...
EST VRAIMENT MIGNON...
...EUH.
HIBIYA, VOUS...
!!
IL...
IL ME VOUVOIE !?

EN TOUT CAS...JE VOUS REMERCIE !
...DE M'AVOIR AIDÉ À COMPREN-DRE !
...PFF ...
HAN
QUOI ?
HAN
QU'EST-CE QU'IL Y A ?!
EH BIEN...
T'ES TOMBÉ AMOUREUX DE MOI ?!
HA HA !
JE PLAI-SANTE...

TOI !
T'ES DÉBILE OU QUOI !?
?!
TE FAIS PAS DES IDÉES PARCE QUE TU ES BEAU !!
I...ITÔ... !
POURQUOI IL RÉAGIT COMME ÇA... ?
PAF
GYAH
SOURIRE
...
Hé ! Attends ! T'énerve pas !...
La ferme !!
GYAH
QUELLE PETITE AMIE VIGOUREUSE ... !
...Petite amie ?
Hi hi hi
VOUS ALLEZ BIEN ENSEMBLE !

SWAP
POUR ...
BLUSH
POUR-QUOI...
VOUS ROUGIS-SEZ ?
...POUR RIEN...
JE TE DIS...
ET TOI ALORS... ?
PARCE QUE...
TU AS DES RÉACTIONS...
TELLEMENT PRÉVISIBLES...

...ET MAINTENANT...
C'EST QUOI ÇA... ?
HÉÉ !
C'EST INCROYABLE CE QUE ÇA TE CHANGE, ITÔ !
JE PENSAIS QUE TU ÉTAIS DANGEREUX...
MOI AUSSI
ILS SONT COMME ÇA DEPUIS QU'IL A MIS DES LUNETTES.
HÉ ! ÇA SUFFIT !
GRIP
AH !
VOUS L'EMBÊ... TEZ...

C'EST VRAI.
« LORSQU'ILS CROISENT MON REGARD, ILS S'ENFUIENT... »
C'EST BIEN...
COMME ÇA...
...
EUH...
BODOM
!
SWAP
C'EST NÉCESSAIRE...
...HIBIYA... ?
POUR SON BIEN.

T'ES BÊTE, TOI !
C'EST POUR ÇA QUE TU ÉVITES ITÔ DEPUIS UNE SEMAINE ?
...
BOUGE-TOI UN PEU À LA FIN !
HÉÉ ! ITÔ !!
QUOI ?!
MORI-TAKA !!
OH !
HIBIYA VEUT TE VOIR !!
VLAM
...!!
PAF
MMF
C'ÉTAIT QUI ?
TU LE CONNAIS, ITÔ ?

...
DIS QUEL-QUE CHOSE ...
C'EST L'OCCASION POUR ITÔ DE S'OUVRIR AUX AUTRES.
HIBIYA...
...C'EST VRAIMENT CE QUE TU VEUX ?
JE NE DOIS PAS LE GÊNER.
...OUI...
RLAN
C'EST...
POUR SON BIEN...

...VOUS ÊTES UN MENTEUR, HIBIYA !
VOUS M'AVIEZ DIT QUE VOUS SERIEZ LE SEUL À NE PAS ME FUIR...
...
MAINTE-NANT...
VOUS M'ÉVITEZ COMME TOUT LE MONDE.

TU...
TU T'ES FAIT DES AMIS, NON ?
...
C'EST VRAI...
!!
« MIRETTES DU DIABLE » !?
TCHAC
GRASP
QUE ?!
SCHTAK
...?!
MMF

SI C'EST COMME ÇA...
JE NE VEUX PAS DE LUNET-TES... !!
ET...
ITÔ !
CE SERA BIEN MIEUX, NON ?

ARRÊTE-TOI !! C'EST DANGEREUX... !
LA FERME !!
NE ME SUIS...
FLAH
UH !!
BOM
KYAAH
I...!
SPLASH
IL EST TOMBÉ... !!
ITÔ !!
ÇA VA !? TU N'ES PAS BLESSÉ ?
JE LUI AVAIS BIEN DIT... !!
DASH
TU NE DOIS PAS MARCHER SI TU NE VOIS RIEN...
GRIP

PLOC
HIBIYA, POUR-QUOI...
PLOC
NE VOULEZ-VOUS PLUS ME PARLER DEPUIS QUE JE PORTE DES LUNETTES ... ?

ガッ
GRASP
QUE...
QUE FAITES-VOUS ?!! LÂCHEZ-MOI... !
PARDON, J'AI MENTI.
MAIS DE QUOI VOUS PARLEZ... ?
EN FAIT, JE T'AIME !
ALORS...
JE NE VEUX PAS QUE TU AIES D'AUTRES AMIS !

...
GRIP
OUI, JE COMPRENDS... DÉSOLÉ !
UH...
JE VOUS DÉTESTE ! ...QUEL SALE TYPE VOUS ÊTES... !
VOUS NE COMPRENEZ RIEN !
JE VOUS DIS QUE JE VOUS DÉTESTE !!
À CE MOMENT...
JE NE POUVAIS PAS VOIR LE VISAGE D'ITÔ...
SEULEMENT...

JE SENTAIS DE L'EAU COULER SUR MON BRAS...
ET JE N'ÉTAIS PAS SÛR QUE CE SOIT DES LARMES.
FF
TU N'AURAIS PAS DE LA FIÈVRE ?
LE TRAIN CLIMATISÉ AVEC DES FRINGUES MOUILLÉES, C'ÉTAIT UNE MAUVAISE IDÉE ...
...C'EST SÛR...
...HMM ?

VOUS ...
PUSH
JE SUIS PEUT-ÊTRE MALADE ET VOUS BANDEZ !!
SA-GOUIN !
MAIS...
J'Y PEUX RIEN ! JE SUIS SUR UN LIT AVEC CELUI QUE J'AIME !
BLINK
...
...AH...
EUH, ITÔ...
C'EST, COMMENT DIRE... LA NATURE...
...
...VOULEZ-VOUS...
QUE JE FASSE QUELQUE CHOSE POUR VOUS ?

...QUOI ?
JE NE ME SENS PAS TRÈS BIEN...
SWIP
C'EST TOUT CE QUE JE PEUX FAIRE...
...POUR VOUS FAIRE PLAISIR, HIBIYA...
...UH !
NE TE FORCE PAS...
FF
ITÓ...
UH...
MOI, ÇA VA...

SCHLOP
...HMM...
MOI AUSSI...
SMACK
PUSH
BRR
UH !
ITÔ... ÇA SUFFIT !
...
JE SUIS MALADROIT... ? ...DÉSOLÉ...
KEUF
BOUM

C'EST PAS ÇA !
...JE PEUX PLUS ME RETENIR !
...!
HIBIYA...
!!
AT-TENDS ! ...
PRESS
GRIP
...HMMF...
DU CALME.
...JE VEUX JUSTE TE TOUCHER.
GLOUPS

...AH !
FLATCH
AH !
HUP
HUP
DÉSOLÉ... LA PROCHAINE FOIS, JE TE SUCERAI.
...AUJOURD'HUI, IL FAUT QUE TU TE CONTENTES DE MA MAIN !
COM-MENT... ?
AUJOUR-D'HUI...
FLATCH
FLOTCH
JE VEUX TE VOIR...
...UH !
...AH...
JE...VOUS AI... MENTI... !

QUAND J'AI DIT...
FF
QUOI... ?
BODOM
... C'ÉTAIT ...
FF
FF
FF
QUE JE VOUS ...DÉTESTAIS !
FFF
UN... MENSONGE...
...C'EST PAS VRAI !

...JE T'AVAIS BIEN DIT ...
QUE JE COMPRENAIS, NON... ?
ITÔ ...
HÉ !
JE PEUX DORMIR ICI CE SOIR ?
Je te soignerai ?
!
MARMONNE
...HÉ BIEN...
JE NE SAIS PAS... ENFIN... COMME VOUS VOULEZ...
SUPER !
MAIS ...

...JE N'AI PAS D'AUTRE LIT...
...POUR VOUS, HIBIYA...
ITÔ, JE VOUDRAIS TE DIRE...
QU'IL Y A QUELQUE CHOSE ENCORE PLUS FASCINANT QUE TON REGARD...
IL VEUT QU'ON DORME ENSEMBLE... !!
HÉ !
QU'EST-CE QUE VOUS FAITES ? VOUS ÊTES LOURD !!
C'EST ...
UNE CHOSE QUE TU NE SOUPÇONNES MÊME PAS...
END

SES MAINS ET RIEN D'AUTRE

Kazunari...
Voici mon fils, Jin.
Si vous le souhaitez, il sera votre compagnon de jeu...
Enchanté de te connaître...
Kazunari.
...Oui.
JE ME SOUVIENS QUE LES MAINS DE MON PREMIER « AMI »...

ETAIENT VRAIMENT...
GRANDES ET CHAUDES.
...
JIN... ?
CELA FAISAIT LONG-TEMPS... KAZUNARI.
VOUS AVIEZ 14 ANS, ALORS CELA FAIT 4 ANS.

...UH !
AH !
APRÈS TES ÉTUDES, TU AS TROUVÉ UN TRAVAIL PRÈS DE L'UNIVERSITÉ, NON ?
J'EN AVAIS L'INTENTION, MAIS J'AVAIS LE MAL DU PAYS.
ASSEZ PARLÉ DE MOI...
VOUS COMPOSEZ DES POÈMES MAGNIFIQUES MAINTENANT !
MOI AUSSI JE DEVRAIS PEUT-ÊTRE VOUS APPELER « JEUNE MAÎTRE ».
NON ! ÇA FAIT FILM HISTORIQUE !
OH !
VRAIMENT ?
J'APPARTIENS À L'UNE DES PRINCIPALES FAMILLES DE POÈTES DE HAÏKUS ET LA CHARGE DE MAÎTRE SE TRANSMET DE GÉNÉRATION EN GÉNÉRATION.

QUAND J'ÉTAIS ENFANT …
ON DIT QUE JE SUIS ENNUYEUX PARCE QUE JE COMPOSE DES HAÏKUS…
ENCORE… NE VOUS EN FAITES PAS POUR ÇA.
SEULES LES MAINS DE JIN…
POUVAIENT ME CONSOLER.
MAIS…
QUAND JE SUIS ENTRÉ AU COLLÈGE…
JIN…
TCHAC
ガチャ
!
AH, VOUS ÊTES LÀ ? PARDON POUR MA TENUE…

JE ME SUIS RENDU COMPTE...
QUE MON AFFECTION SE TRANSFORMAIT EN UN AUTRE SENTIMENT.
UN AN APRÈS, JIN EST PARTI.
JIN...
TU N'AVAIS PAS UNE PETITE AMIE LÀ-BAS ?
NON, C'EST-À-DIRE QUE...
JE ME FAISAIS DU SOUCI POUR VOUS !
!

PARCE QUE POUR KAZUNARI ...
...JE SUIS COMME UNE SORTE DE PROTECTEUR.
HUP
ピク
COMMENT ÇA ?... COMMENT JE DOIS PRENDRE ÇA ?...
... JE NE SUIS PLUS UN GAMIN !
... ET BIEN...IL EST CERTAIN...
!!
QUE TU PARLES COMME UN ADULTE.

OUAH... ! JE N'AI JAMAIS PU...
RÉSISTER AUX MAINS DE JIN...
CRITCH
BRR
CARESSE
AS-TU DÉJÀ EMBRASSÉ QUELQU'UN ?
NE ME PRENDS PAS POUR UN IDIOT !... BIEN SÛR !
DEPUIS LONG-TEMPS...
AH !
!!
QUE DITES-VOUS ?
NON !

!?
CROC
AÏE !...
...ÇA ÉLOIGNE LES DÉMONS.
POUR QUE VOUS NE VOUS AMUSIEZ PAS AVEC DE VILAINS DIABLOTINS...
COMPRIS ?
BODOM
...UH !

...
HÉ KAZUNARI !
COMME LES HAÏKUS S'EXPRIMENT AUSSI DE FAÇON VISUELLE...
CE CARACTÈRE ...
HÉ OH !
HÉ, REGARDE-MOI !
BLINK
!
NE ME RÉSISTE PAS MAINTENANT !
JE...JE FAIS DES CORRECTIONS !!
BOUM
JE VEUX TE VOIR MAINTENANT ! TU ME MONTRERAS ÇA DEMAIN AU CLUB !
ATTENDS ! MATSUKURA !!
BLUSH
ÇA FAIT LONGTEMPS QU'ON N'A PAS ÉTÉ ENSEMBLE TOUS LES DEUX, HEIN ?

SWAP
TAIS-TOI !... LÂCHE-MOI !!
J'AI CASSÉ AVEC TOI IL Y A LONG-TEMPS !
HMM ?
C'EST QUOI, ÇA ? ...UNE MORSURE... ?
BODOM
« ÇA ÉLOIGNE LES DÉMONS. »
A...RRÊTE ! NE TOUCHE PAS ÇA... !
MÈRE, PUIS-JE VOUS DÉRANGER UN INSTANT ?
JIN !

TU VIENS VOIR LE JEUNE MAÎTRE ?
OUI, IL N'EST PAS DANS SON BUREAU APPAREM-MENT.
AH... AUJOURD'HUI IL COMPOSE DES HAÏKUS DANS SA CHAMBRE !
MERCI.
TIENS ?
AU FAIT, UN DE SES AMIS DU LYCÉE EST VENU AUJOUR-D'HUI...
Il est peut-être encore là !
KAZUNARI
GRIP
TU M'AS DIT QUE TU AIMAIS MES MAINS !
C'EST... PARCE QUE...

...
ELLES ...LEUR RESSEMBLENT...
QUOI ? JE N'ENTENDS PAS !
ELLES RESSEMBLENT AUX SIENNES.
PRESS
ARRÊTE... !
JE N'AI PAS PU L'OUBLIER.
HMM !...
OUI...
CRAC

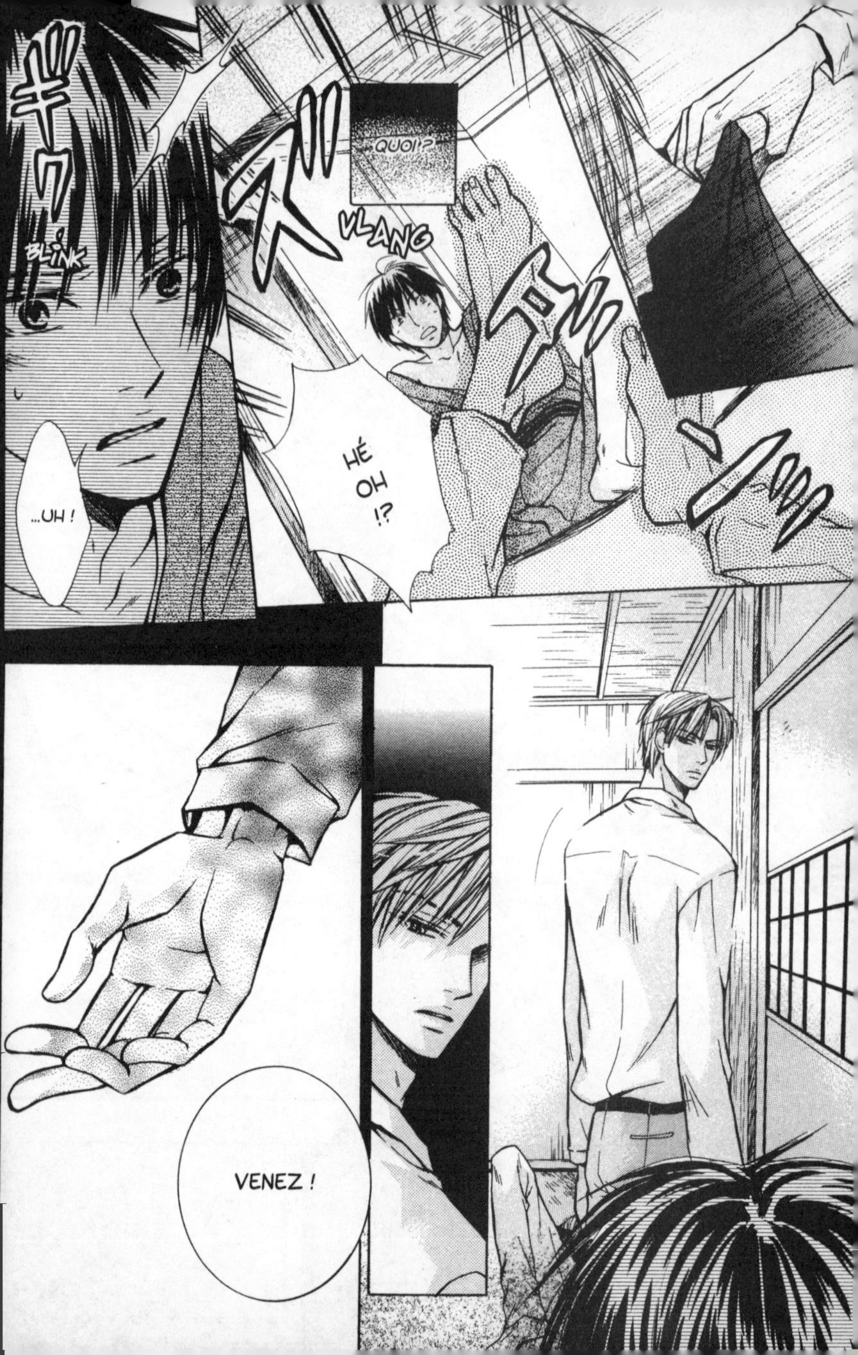
QUOI !?
VLANG
HÉ OH !?
BLINK
...UH !
VENEZ !

BOOM
VITE.
BOOM
BOOM
HÉ, T'ES QUI TOI !?
VLAM
...
SI TU DÉGAGES PAS, JE TE VIRERAI MOI-MÊME !

VA TE FAIRE VOIR, DUCON !
GRRR
...
JIN, ÉCOUTE... !
EUH...
TU ME FAIS MAL... À LA MAIN...
IL ME LA SERRE...
SI FORT...
GRIP
...UH !
IL EST PEUT-ÊTRE JALOUX ?
JE SUIS FLATTÉ...
GNIP

!!
...
VOILÀ CE QUI ARRIVE QUAND ON FRÉQUENTE LES MAUVAISES PERSONNES.
...UH !
BOM
!!
SCHLAP
JIN... !
ET SI...
JE VOUS METTAIS DU RÉPULSIF SUR TOUT LE CORPS ?
BOOM

AH...
...UH !
IL EST EN COLÈRE CONTRE MOI...
JIN...
VOUIP
PAR...
PARDON...

MÊME...
DANS UN MOMENT PAREIL...
JE SUIS HEUREUX QUE TU M'EMBRASSES, JIN...
MÊME SI...
JE T'AI MONTRÉ UN ASPECT DE MOI AUSSI HONTEUX...
VRAIMENT, JE...

DEPUIS LE COLLÈGE...
JE SUIS AMOUREUX...
!
SWIP
SHUUUT... N'EN DIS PAS PLUS
SINON JE POURRAIS TE MORDRE ENCORE !

JE...
JE SUIS D'ACCORD... !
SI C'EST TOI QUI LES FAIS, JIN...
JE VEUX BIEN DES MORSURES OU TOUT CE QUE TU VEUX... !

JURE-MOI QU'ELLE SERA TOUJOURS À MOI...
AH !
D'AC-CORD ?
AHAN !
GNIP
GNIP
ALORS ?
AAH !
BRRR
...OUI JE...
LE JURE !
HOP
HOP
PARDON, PARDON !
BRR
UH...
...GENTIL GARÇON !
HMM ...

LICK
HAN !
HUH...
FF
AH...
JIN...
JIN !
FLATCH
JE NE...PEUX PLUS...
FLATCH
JE VOUS AIME...
DEPUIS TOUJOURS...
VOUS ÊTES SI INNOCENT, SI PUR...
NE PARS PAS DANS CETTE UNIVERSITÉ SI LOIN
Ah

POUR-
QUOI...
POURQUOI
TU NE
ME L'AS
PAS DIT ?
J'AURAIS...
PARCE QUE
MALGRÉ
TOUT...
JE NE SUIS
PAS UN
MONSTRE...
QUI
TOUCHE
À UN
ÉTUDIANT...
SMACK
!
AH !
BLUSH
MAIS...
ZIP
AUJOURD'HUI,
ÇA SUFFIT.
HUN...
FLAC
SPLOTCH
AAH...
!
BRR
AH...
AH...
JIN...
BRR

HAN !
AH ! JE...
FRR
KAZU... NARI... !
FLAC
FRR
NON... JE VAIS JOUIR... !
FLAC
LES SENTIMENTS QUE JE RÉPRIMAIS...
SONT ENCORE PLUS FORTS QUE ÇA !
BODOM
JIN... !

JE NE RESTERAI PLUS LOIN DE TOI... !
MOI NON PLUS...
JE NE LÂCHERAI PAS SA MAIN...
COMME AU BON VIEUX TEMPS...
Tout attendri
SER-RE
END

MA LUMIÈRE BIEN-AIMÉE

Dojo Mita
Mita
TU ...
TU ES ENCORE LYCÉEN. J'AI DIX ANS DE PLUS...
JE M'EN FICHE ! JE VOUS AIME !
AU MOINS... LAISSEZ-MOI RESTER AUPRÈS DE VOUS COMME ÉLÈVE PENDANT LES VACANCES D'ÉTÉ !... JUSTE POUR UN MOIS !
LAISSEZ-MOI RESTER AVEC VOUS... !
LA PREMIÈRE FOIS QUE JE L'AI RENCONTRÉ...
IL M'A REGARDÉ DROIT DANS LES YEUX.

進
AH !
MAKOTO !
QU'EST-CE QUE VOUS AVEZ, MAKOTO ?

AH...
NON RIEN...ÇA VA.
VOUS ÊTES SÛR ?
DÉSOLÉ DE TE FAIRE RÉPONDRE AU TÉLÉPHONE, UKIWA...
C'EST BON !
APRÈS TOUT, JE SUIS NOUVEAU ICI...
EUH...PAR CONTRE...
VOUS NE VOUS SENTEZ PAS BIEN AUJOURD'HUI ?
J'EN AI EU L'IMPRESSION AU DOJO TOUT À L'HEURE...
HÉ BIEN...J'AI UN PEU MAL À LA TÊTE !
...
J'EN ÉTAIS SÛR !
COM-MENT TU L'AS SU ?
JE LE SAIS !
PARCE QUE JE SUIS TOUJOURS À VOS CÔTÉS !
...
AH BON ? ...

J'ÉTAIS FASCINÉ PAR SON REGARD FRANC…
UN MOIS…
S'EST ÉCOULÉ À LA VITESSE DE L'ÉCLAIR.
UKIWA…
TU AS PLUS DE TALENT POUR L'AÏKIDO QUE JE NE L'AURAIS CRU.
QUOI ?
VRAI-MENT ?
OUI, TU ES DOUÉ !

SI TU NE TE REPOSES PAS SUR TA FORCE...
EN UN MOIS, TU T'AMÉLIORERAS ...
AH !
« LAISSEZ-MOI RESTER AUPRÈS DE VOUS PENDANT LES VACANCES D'ÉTÉ ! »
LE DERNIER JOUR...
C'EST DEMAIN.
MAKOTO...
FINALEMENT, VOUS NE VOULEZ PAS DE MOI... ?
!
...

...J'AI COMPRIS. EXCUSEZ-MOI.
MON CŒUR BALANCE.
EN VÉRITÉ...
MAIS IL N'EST PAS QUESTION QUE JE VOLE...
L'AVENIR D'UN LYCÉEN...
LAISSE-MOI FAIRE ÇA TOUT SEUL !

!?
CLAC
C'EST MON DERNIER JOUR, ICI !
JE NE POURRAI PLUS BALAYER COMME ÇA !!
MAIS...
MAIS MOI, JE NE PEUX PAS SÉCHER LES CORVÉES...
SI TU AIMES TELLEMENT CET ENDROIT, NE LE QUITTE PAS !
GRR
SI JE POUVAIS, JE NE ME DONNERAIS PAS TANT DE MAL !
C'EST JUSTE POUR AUJOURD'HUI ! JE T'EN PRIE !!
UKIWA !
!
GLOUPS

AH...
...
EUH...
SWAP
NON ! JE NE SÉCHAIS PAS MES CORVÉES... !
J'AI COMPRIS.
RENTREZ CHEZ VOUS...JE FINIRAI PLUS TARD.
C'EST QUE...
QUOI ? AH...OUI !
DE PLUS EN PLUS, IL...

La main d'Ukiwa...
...est chaude...
SWIP
SOURIRE
Pardon.
Vous aviez de la poussière...
!?
Ah...
Je vous ai surpris ?
...

ETAIT-CE VRAIMENT...
DE LA POUSSIÈRE ?
...TO.
...KOTO !
HÉ MAKOTO !
Vous m'écoutez ?
AH !...
DÉSOLÉ...
はっ AH !
...
TU DISAIS ?

JE RENTRE CHEZ MOI DEMAIN.
CHEZ... TOI ?
QU'EST-CE QU'IL A DIT ?
TU N'ES PAS D'ICI... ?
TU NE VENAIS PAS DEPUIS CHEZ TOI !?
AH...EN FAIT, JE SUIS CHEZ MA GRAND-MÈRE !
JE VIENS ICI TOUS LES ÉTÉS AVEC MA FAMILLE.
CETTE ANNÉE, JE SUIS RESTÉ PLUS LONGTEMPS TOUT SEUL...
COMMENT... ?

AH !
RASSUREZ-VOUS, JE NE VOUS AI PAS POURSUIVI...
ATTENDS !...
ATTENDS UN PEU !...
MAKOTO.
JE SUIS HEUREUX D'AVOIR PU RESTER AVEC VOUS.
MERCI POUR CE MOIS...
SES YEUX...

JE VAIS...
PRÉPARER MES BAGAGES !
SA CHALEUR SUR MON ÉPAULE...

ME FONT ME SENTIR...
SI BRÛLANT.
KLAN
ガラ
!
...MA-KOTO.

AH !
JE VOULAIS VOIR LE DOJO POUR LA DERNIÈRE FOIS...
UKIWA.
進
PARDON D'ÊTRE ENTRÉ SANS PERMIS...
...SION ...
UKIWA.
OUAH... !
BOM

…
MA… KOTO…
EN FIN DE COMPTE…
JE NE PEUX PAS TE LIBÉRER.
JE NE PEUX PAS LE LAISSER PARTIR.
UKIWA, ME DONNERAS-TU…
TON AVENIR… ?

SI TU LE SOUHAITES...
JE TE DONNERAI TOUT CE QUE J'AI...
JE L'AIME...
JE L'AIME...

HMM ...
FLAP
MAKOTO...
TIENS, C'EST OU-VERT !
SHLAP
...UH !
...
EUH...
JE NE PEUX PAS DÉFAIRE TON HAKAMA...

MA-KOTO.
HAN !
MAKO-TO... !
MMM
...UH.
...UH !
SMACK
AH !...
MAKOTO...
JE...

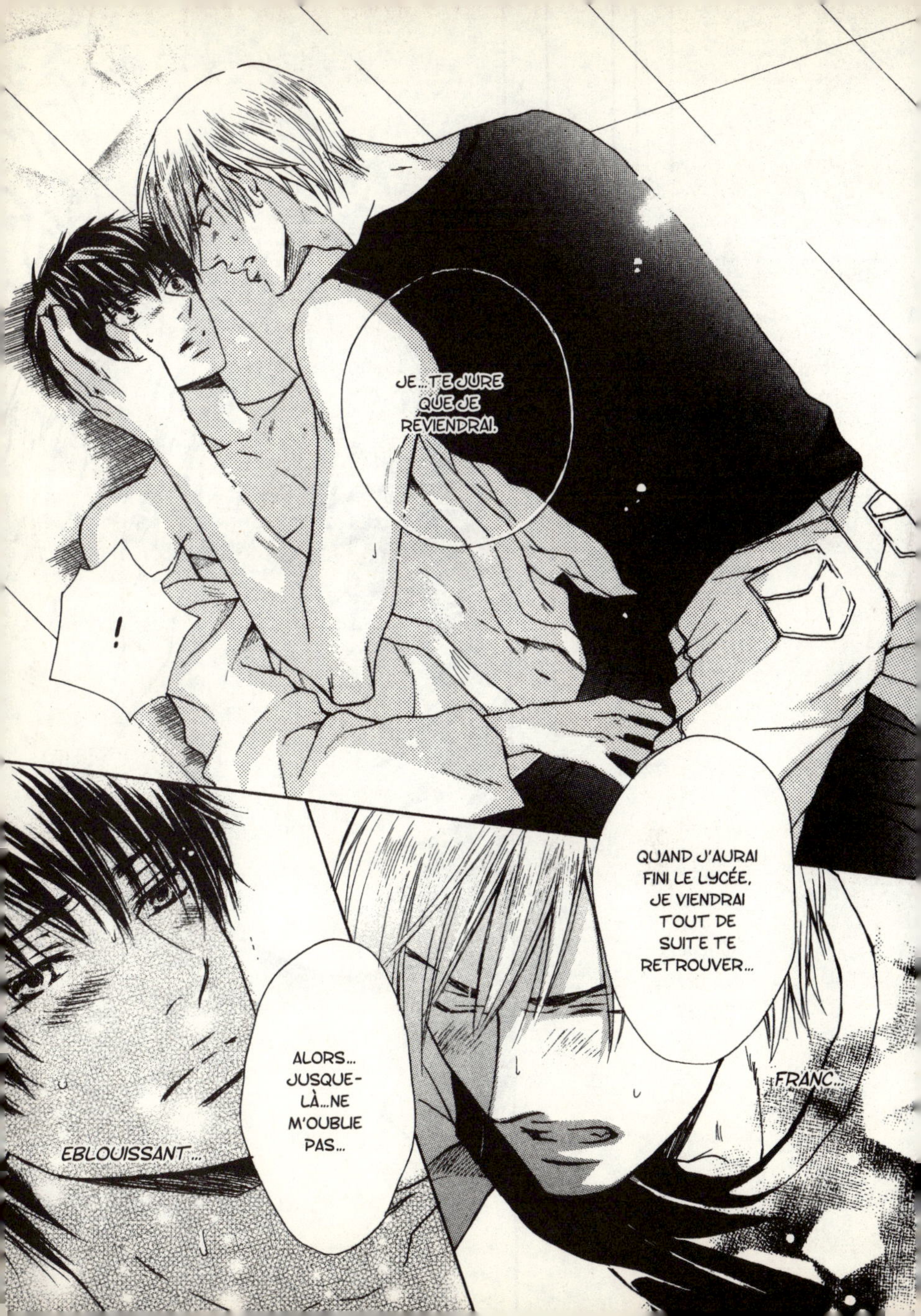
JE... TE JURE QUE JE REVIENDRAI.
!
QUAND J'AURAI FINI LE LYCÉE, JE VIENDRAI TOUT DE SUITE TE RETROUVER...
FRANC...
ALORS... JUSQUE-LÀ...NE M'OUBLIE PAS...
EBLOUISSANT...

GRIP
BIEN SÛR QUE NON... IDIOT...
COMME LA LUMIÈRE DU SOLEIL...

TU NE VEUX VRAIMENT PAS QUE JE T'ACCOMPAGNE DEMAIN ?
MAIS NON !
TU SERAS PROBABLEMENT OCCUPÉ AVEC TES ÉLÈVES...
MAIS JE VOULAIS TE DIRE AU REVOIR...
SI TU VIENS...
JE CROIS QUE JE VAIS PLEURER...

JE T'ÉCRIRAI DÈS QUE JE SERAI ARRIVÉ ...
!?
...JE VIENDRAI TE VOIR.
JE TE LE PROMETS...
JE VIENDRAI...
OUI.
PLUS VITE QUE LA LUMIÈRE.
END

Postface

Merci d'avoir acheté « Tendre voyou » !! C'est mon 3e manga... ! J'ai été étonnée de retrouver tant de vieilles histoires et j'ai fait plein de corrections (en poussant des cris et des grognements). Si j'avais le temps, j'aimerais écrire une suite. Hé bien, on verra ça plus tard. J'aime depuis longtemps les associations entre un bon élève et un garçon à problèmes, alors j'ai trouvé amusant de faire une histoire sur ce sujet. Comme je vais dessiner à nouveau là-dessus de temps en temps, ça me ferait plaisir que vous regardiez dans les revues et les anthologies !

Pour finir...

Merci vraiment beaucoup à mes responsables qui s'occupent toujours de moi, aux personnes qui me lisent et à celles qui se donnent la peine de m'envoyer leurs impressions !!

Il y a des gens qui m'ont dit qu'ils voulaient le voir habillé en fille... Quoi ? C'est mon hobby, vous dites ? Pardon... Comme je n'ai jamais porté d'uniforme de lycéenne, j'adore ça... (pleurs).

ATTENTION !

Cette bande-dessinée est publiée dans son sens de lecture original japonais, les bulles se lisant de droite à gauche.

Vous êtes donc ici à la FIN !

Originally published in Japan in 2006 by HOUBUNSHA, Tokyo.
French translation rights arranged with HOUBUNSHA, Tokyo, through TOHAN CORPORATION, Tokyo.

Dépôt légal à parution
ISBN 978-2-35180-369-1

Directeur de collection : Yves Huchez

Traduction : Emilie Nogaro
Correction et adaptation : Véronique Huchez

Conception graphique : Alexandre Cozette
Adaptation graphique et lettrage : Jef

Imprimé en France par Imprimerie Darantiere
N° d'impression : 29-1417